Un agradecimiento especial a Cherith Baldry

A Charlie, Sam y Thomas

DESTINO INFANTIL Y JUVENIL, 2015
infoinfantilyjuvenil@planeta.es
www.planetadelibrosinfantilyjuvenil.com
www.planetadelibros.com
Editado por Editorial Planeta, S. A.

© de la traducción: Macarena Salas, 2014

Título original: *Fang. The Bat Fiend*
© del texto: Beast Quest Limited 2010
© de la ilustración de cubierta e ilustraciones interiores:
Steve Sims - Orchard Books 2010
© Editorial Planeta, S. A., 2015
Avda. Diagonal, 662-664, 08034 Barcelona
Primera edición: julio de 2015
ISBN: 978-84-08-14297-7
Depósito legal: B. 13.461-2015
Impreso por Liberdúplex, S. L.
Impreso en España – Printed in Spain

El papel utilizado para la impresión de este libro es cien por cien libre de
cloro y está calificado como **papel ecológico**.

FANG, EL DEMONIO MURCIÉLAGO

ADAM BLADE

EL DESIERTO HELA[

LAS MARISMAS
DE KAYONIA

LAS LLANURAS DE KAYONIA

EL BOSQUE DE KAYONIA

¡*S*aludos, jóvenes guerreros!

Tom ha decidido emprender una nueva Búsqueda y tengo el honor de ayudarlo con la magia que me enseñó el mejor maestro, Aduro. Los retos a los que se enfrentará Tom serán muy grandes: un nuevo reino, una madre perdida y seis nuevas Fieras bajo el maleficio de Velmal. Tom no sólo luchará para salvar el reino; deberá luchar para salvar las vidas de las personas más cercanas a él y demostrar que el amor puede vencer al odio. ¿Será cierto? La única manera de comprobarlo es mantener el tesón y la llama de la esperanza encendida. Siempre y cuando el viento no la apague...

Marc, el aprendiz

PRÓLOGO

Toby cogió su piqueta, haciendo una mueca de dolor al levantarla con sus manos llenas de ampollas. Apenas veía la pared que tenía delante. Le frustraba no poder ver casi nada y empezó a picar la roca con más fuerza que nunca. Los golpes hacían eco en la pared y el sonido se mezclaba con los de los trabajadores que tenía a su lado y el tintineo de las cadenas que los mantenían presos.

«Más oro... —pensó Toby, cansado—.

Más riquezas que salen del río que atraviesa el Valle Dorado de Kayonia.»

Hizo una pausa para aliviar sus cansados hombros y oyó los gruñidos y rugidos de sus compañeros esclavos.

«A todos les parece bien estar ciegos con tal de que su pueblo tenga riquezas. —Toby cogió la piqueta con tesón, como si quisiera romper el mango—. Pero a mí no me parece bien...»

—Oye, ¿qué haces?

Toby se sobresaltó al oír el susurro de Jed, el hombre que trabajaba a su lado.

—Vuelve al trabajo o el jefe te castigará —dijo Jed.

La rabia de Toby se mezclaba con su miedo.

—¡No me importa! —declaró enderezándose—. Estoy harto de ser un esclavo. ¿Vosotros no?

No hubo contestación, excepto por

el repiqueteo de las piquetas. Toby notaba el miedo de los otros esclavos. Ellos actuaban como si no estuviera ahí y no le extrañaba que estuvieran asustados. El jefe se movía entre ellos en absoluto silencio hasta que anunciaba su presencia con gritos y chillidos que hacían eco y se le clavaban en los oídos a Toby.

—No seas tonto —dijo Jed en voz baja. Toby no veía bien y apenas podía distinguir a su compañero moviendo su piqueta—. No puedes escapar. Al jefe no le gustamos y él nos puede ver en la oscuridad, entre otras cosas. Podría estar observándonos ahora mismo—. Ambos mineros miraron a su alrededor temerosos.

Toby tembló. Recordaba el primer día que fue a trabajar a la mina y cómo el jefe cogía a los que desobedecían y se los llevaba con él. Muchos trabajadores se habían ido así y ninguno había regresado.

Le dolían los brazos y el sudor le bajaba por los ojos.

«No lo soporto más. Tengo que arriesgarme...»

Tanteó el peso de su piqueta en la mano.

—A lo mejor con esto puedo romper las cadenas —murmuró—. Y a lo mejor, si corro suficientemente rápido, conseguiré escaparme de las garras del jefe. A lo mejor...

Dejó de hablar al sentir la mano de Jed en su hombro.

—Es una locura —murmuró Jed—. Vuelve al trabajo, antes de que te vea el jefe.

Toby le apartó la mano.

—Quédate tú si quieres. Yo prefiero morir intentando escapar que quedarme aquí siendo un esclavo.

Toby empezó a dar golpes a sus cadenas. Unas pequeñas chispas saltaban en la oscuridad con cada golpe. De repente notó que la cadena se empezaba a romper.

«¡Pronto seré libre!»

Los murmullos de los otros esclavos le llegaban por todas partes.

—¡Para!

—¡Vas a meternos a todos en problemas!

Toby ignoró sus protestas. Las cadenas se soltaron de sus piernas. Se alejó de la pared de roca, medio agachado, tocando el suelo con las manos. Sabía que en algún lugar del túnel que daba a la caverna donde dormían había un pozo que subía a la superficie. El ruido de los

otros mineros se apagó detrás de él; ahora, todo lo que oía era el sonido de su propia respiración entrecortada mientras se escapaba hacia la libertad.

Se asomó por el túnel, parpadeando para intentar aclararse la vista. Vio unas paredes iluminadas por una débil luz gris.

«Mi vista ya está mejorando —pensó—. ¡No voy a ser ciego para siempre!»

Tenía el pozo de la mina justo delante. La luz se fue haciendo más fuerte, y cuando llegó a la parte de abajo, Toby alzó la mirada y pudo ver un trozo de cielo azul por encima.

Empezó a trepar por la pared agarrándose a cualquier saliente o hendidura que hubiera. Al principio le resultaba difícil encontrar un lugar donde apoyarse, pero pronto consiguió subir a buen ritmo. El círculo azul de cielo cada vez estaba más cerca.

«Ya casi he llegado...»

De pronto, oyó un horrible chillido por debajo de él, en el fondo del pozo de la mina. El sonido rebotó en las paredes. Toby se quedó helado de miedo.

—El jefe... —balbuceó.

Miró hacia abajo, en la débil luz, y vio dos ojos que emitían un brillo naranja mientras el murciélago gigante volaba hacia él. El animal abrió la boca, revelando unos dientes afilados, y, antes de que Toby pudiera esquivarlo, le mordió en el hombro. Con un grito de dolor, Toby se soltó y resbaló por el pozo, aterrizando en el suelo con un fuerte golpe.

Intentó alejarse desesperadamente, pero era demasiado tarde. Toby vio unos horribles dientes que brillaban por encima de él. Era incapaz de apartar la mirada y en ese momento deseó que su vista no hubiera mejorado. No quería ver lo que el jefe estaba a punto de hacerle.

CAPÍTULO UNO

RUMBO AL NORTE

Tom se frotó los ojos llorosos.

—Cuanto antes salgamos de estos campos de maíz apestosos, mejor —dijo.

Elena asintió.

—Yo también estoy deseando salir de aquí.

Tom sentía arcadas e intentaba no respirar profundamente. En su Búsqueda anterior había destruido a *Muro*, la rata monstruosa, y también el molino del que salía ese horrible olor que llenaba el aire. Ahora el hedor se estaba yendo, pero no tan rápido como le hubiera gustado.

Plata, el lobo, corría haciendo pequeños círculos, mientras el caballo de Tom, *Tormenta*, movía impacientemente las crines. Sus amigos animales también estaban ansiosos por salir de los maizales.

—Todavía tenemos que completar cuatro Búsquedas en Kayonia —dijo Tom—. Vamos a terminarlas cuanto antes.

—Sí —dijo Elena—, y entonces podremos volver a Avantia.

Tom suspiró.

—Me encantaría estar ahora en mi casa —aseguró—, pero todavía no podemos ir. Vamos a ver adónde tenemos que dirigirnos.

Sacó el Amuleto de Avantia que llevaba colgado al cuello y observó el camino que se iba formando en la superficie y los llevaría a su siguiente Búsqueda.

—Nos dice que tenemos que ir al norte, hacia las montañas —le dijo a Elena.

Cuando su amiga se asomó para ver el amuleto de cerca, aparecieron unas letras.

—El Valle Dorado —leyó en voz alta.

Justo al lado de las palabras, Tom vio la imagen de una extraña joya roja.

—Ése debe de ser el siguiente ingrediente que tenemos que encontrar.

Tom había descubierto recientemente que Freya, la Maestra de las Fieras, era su madre. Ahora ella estaba atrapada bajo el maleficio del diabólico Velmal, y Tom tenía que encontrar seis ingredientes para hacer la poción que liberaría a su madre; sin embargo, los ingredientes estaban repartidos por todo el reino de Kayonia y a cada uno lo protegía una Fiera malvada.

—Por lo menos parece que el Valle Dorado no va a oler tan mal como este lugar —dijo Elena, moviendo la mano delante de la nariz con cara de asco.

Tom examinó el mapa de cerca.

—Tienes razón. Allí hay lagos, embalses y ríos que van en todas direcciones.

Dejó caer el amuleto sobre el pecho y se subió a la montura de su caballo.

—Vamos a ponernos en camino —dijo extendiendo una mano para ayudar a Elena a subirse detrás de él. *Plata* ya corría por delante y Tom puso a *Tormenta* al galope.

Para su alivio, el olor fue desapareciendo a medida que dejaban atrás los campos de maíz. Se levantó una brisa y el aire se volvió limpio y fresco.

Pero el sol bajaba rápidamente por el cielo y pronto se pondría, creando un brillo dorado y escarlata. El crepúsculo se hizo más intenso y aparecieron estrellas en el cielo. Después se elevaron tres pequeñas lunas, pero no eran lo suficientemente brillantes como para iluminar el camino.

—Está demasiado oscuro para continuar —dijo Tom, un poco frustrado. En Kayonia el sol salía y se ponía a su antojo.

—A *Tormenta* y a *Plata* no les quedan

muchas energías —añadió Elena—. Ya creen que es hora de dormir.

Tom sabía que su amiga tenía razón. *Tormenta* arrastraba los cascos con la cabeza agachada, y *Plata*, que normalmente corría por delante, ahora trotaba lentamente al lado del caballo.

—Será mejor que acampemos —dijo—. No sabemos cuánto va a durar la noche. Podría ser un momento muy breve o el equivalente a dos noches en Avantia.

—¿Cómo planeamos nuestra Búsqueda en un mundo así? —preguntó.

—Ya buscaremos la manera —dijo Tom bajándose de la montura—. Siempre lo hacemos.

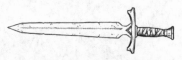

El muchacho tenía la mirada perdida en la oscuridad cuando apareció una cara flotando delante de él.

«Freya...»

Sus rasgos le resultaban familiares, pero a la vez extraños. La imagen de su madre lo tendría que haber reconfortado, sin embargo, estaba horrorizado. La última vez que la había visto, su madre era fuerte y muy guapa, además de valiente. Ahora tenía la cara desfigurada por las arrugas, cuyo borde, además, crepitaba como si se estuviera quemando por dentro. Mientras Tom la observaba, su madre soltó un grito de dolor.

—¡Madre, aguanta! ¡Te llevaré la poción para curarte!

Tom intentó tocarla, pero la cara de Freya desapareció como una neblina. De pronto, el chico notó el frío de la hierba que había debajo y la manta que tenía sobre las piernas. A su lado, Elena dormía profundamente, envuelta en su propia manta. Más allá, *Plata* y *Tormenta* descansaban plácidamente.

Había sido una pesadilla..., una pesadilla que le había enviado Velmal para burlarse de él.

Le ardió el corazón de rabia. Tiró la manta a un lado, se levantó y desenvainó la espada. Con el filo en alto, miró hacia las colinas, donde ya se asomaba la pálida luz del amanecer en el horizonte.

—¡Te lo advierto, Velmal! —gritó—. Mientras la sangre corra por mis venas, ¡rescataré a mi madre de tu diabólica magia!

CAPÍTULO DOS

EL VALLE DORADO

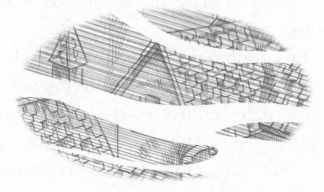

—Elena, tenemos que darnos prisa —dijo Tom. Movió a su amiga para despertarla y después fue a ensillar su caballo—. Freya se está quedando sin tiempo.

Elena se levantó rápidamente para ayudar y consiguieron ponerse en camino antes de que el sol estuviera muy alto. A Tom le suponía un gran esfuerzo mantenerse encima de *Tormenta* y sujetar las riendas. Le dolían los brazos y las piernas del cansancio. La pesadilla lo había dejado sin energía.

Sabía que Elena también estaba agotada. Iba en la montura detrás de él y se apoyaba en su espalda sin apenas decir una palabra.

El sol subió muy deprisa en el cielo. Tom sabía que iba a ser otro día muy corto. Se detuvieron al llegar a un estrecho riachuelo que atravesaba el camino.

—Será mejor que paremos a descansar y comer algo —dijo Tom.

Elena bajó al suelo sin contestar y se arrodilló cerca del riachuelo para refrescarse la cara y las manos. Tom llevó a *Tormenta* hasta el agua y *Plata* trotó a su lado.

Después de beber, el lobo corrió hasta *Tormenta*, moviendo su gruesa cola, y le dio un toque juguetón con el hocico. El caballo relinchó con rabia e intentó apartarlo con una coz. El lobo retrocedió inmediatamente y se puso fuera de su alcance.

—¡*Tormenta*, para! —reprendió Elena.

—Entonces dile a *Plata* que deje de molestarlo —replicó Tom, irritado.

Elena iba a contestar, pero se llevó la mano a la boca.

Tom la miró sorprendido.

«¿Qué nos está pasando? ¡Nosotros nunca discutimos!»

—Lo siento, Elena —dijo en voz baja—. Estos días en Kayonia nos están afectando. Apenas dormimos, y eso hace que nos pongamos en tensión.

—Tienes razón —respondió Elena—. Yo también lo siento.

Tom se alegraba de que la discusión se hubiera acabado, pero cuando fue a coger comida de sus alforjas, no pudo evitar sentirse intranquilo.

«Si estamos así después de dos Búsquedas en Kayonia, ¿qué va a pasar con nuestra amistad cuando lleguemos a la última?»

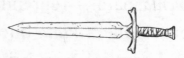

Pasaron dos días cortos de Kayonia con sus dos noches antes de que Tom y sus amigos llegaran al camino que los llevaría al Valle Dorado. El camino discurría al lado de un río. El muchacho observó la corriente durante un buen rato.

—El río no debería ir tan rápido —le dijo—. Y hay algo raro en la manera en que se mueve.

—Sí —dijo Elena—. Es casi como si... —De pronto soltó un grito—. ¡Tom, mira eso!

A pocos metros, Tom vio una inmensa catarata que caía por un precipicio. Se quedó mirándola durante un momento, confundido, hasta que se dio cuenta de lo que estaba viendo. El agua de la cascada, en lugar de bajar del acantilado hacia el río, ¡subía desde el suelo!

—El agua va hacia arriba... Eso es imposible —murmuró. Tenía la sensación de que alguien lo estaba observando y le entró un escalofrío. Miró a su alrededor, pero no vio ningún movimiento—. A no ser que... —continuó— que sea la magia oscura.

—O a lo mejor es otra de las peculiaridades de Kayonia —sugirió Elena mientras observaba fascinada la catarata—. Será mejor que estemos atentos, sea lo que sea.

Llamó a *Plata* para que se acercara a ellos mientras Tom llevaba a *Tormenta* hasta la piscina de agua en la base del acantilado. La catarata estaba rodeada de arbustos y rocas dentadas. Una vez cerca, Tom vio un camino estrecho que subía por una pendiente empinada.

—Parece peligroso —dijo desmontando—. Voy a ir a investigar con *Tormenta*. Tú quédate aquí vigilando.

Tom se puso el escudo por delante mientras trepaba hacia la parte de arriba de la catarata. Había muchas rocas sueltas y le resultaba difícil mantener el equilibrio. Si alguien lo atacaba, le costaría mucho defenderse.

Suspiró aliviado cuando llegaron a la parte de arriba del acantilado y vio el Valle Dorado que se extendía delante de él. El camino continuaba al lado del río y se veían unos páramos a ambos lados del valle.

Pero el alivio de Tom no duró mucho. Había algo inesperado en el paisaje delante de él y durante un momento no supo bien qué era.

—Ya puedes subir —le dijo a Elena.

—¿Qué pasa? —preguntó su amiga mientras ella y *Plata* se reunían con Tom en la parte de arriba del camino—. Pareces preocupado.

—Algo no anda bien —contestó el chico sacando el amuleto de su túnica—. Mira —continuó señalando la carretera por la que habían llegado—. Se supone que este camino nos lleva hasta un pueblo. En el mapa se ven edificios y otras carreteras marcadas claramente, pero aquí delante no hay nada, sólo ese lago.

—Tengo un mal presentimiento —le murmuró Elena, asomándose por encima del hombro de su amigo para ver el mapa.

Tom guardó el amuleto debajo de su túnica.

—El mapa nunca nos ha llevado en la dirección equivocada —dijo.

Se subió a *Tormenta* y ayudó a Elena a subir detrás. Juntos se pusieron en camino hacia el valle. Al acercarse al lago,

Tom vio unas figuras oscuras que salían a la superficie. Cuando se dio cuenta de lo que eran, tembló.

Llevó a *Tormenta* por el borde del lago y se bajó de la silla de un salto. Elena desmontó detrás de él y juntos caminaron hacia el agua. Por debajo de la superficie del lago había algo.

—¡Elena, mira! —dijo señalando—. Esa rampa inclinada parece el tejado de una casa y esas ramas retorcidas deben de ser las copas de los árboles.

—Veo... establos —dijo Elena entrecerrando los ojos—. Hay un granero y un puesto de mercado. ¡Tom! ¡Es una ciudad hundida!

—¿Cómo habrá ocurrido? —se preguntó Tom.

Los dos amigos se arrodillaron, uno al lado del otro, para observar más de cerca el pueblo sumergido. *Plata* olfateó sospechosamente el agua.

—No la bebas —le avisó Elena poniéndole una mano en la piel del cuello.

Tom observó las estructuras que se veían debajo del agua.

—Mira esa pared —dijo señalando una construcción enorme rodeada de edificios hundidos. Las piedras grises te-

nían vetas doradas—. Alguien constru-
yó esto para que el agua no saliera. Parece un lago natural, pero está hecho
por el hombre, y el agua seguramente
viene del cauce del río.

Elena tenía los ojos muy abiertos por
la sorpresa.

—¿Por qué iban a querer inundar un
pueblo? ¿Y qué pasó con la gente que
vivía aquí?

Tom se estaba haciendo esas mismas
preguntas. Después negó con la cabeza.

—Ahora no tenemos tiempo para preo-
cuparnos de esto —dijo con decisión—.
Tenemos una Búsqueda que completar.

Volvió a mirar el amuleto. El camino
que debían seguir continuaba más allá
del valle hasta una zona rocosa que se
veía a lo lejos, en el norte, y rodeaba
algo que parecía ser otro lago.

Por encima de este segundo lago se
reveló la imagen de un murciélago.

—¡Ahí está la siguiente Fiera! —exclamó Tom.

Le dio la sensación de que unos dedos helados le recorrían la espalda al ver cómo se dibujaban unas letras en el mapa y formaban un nombre.

Fang.

CAPÍTULO TRES

EL MINERO CIEGO

Elena se subió a la montura de *Tormenta* y cogió las riendas mientras Tom desenvainaba su espada y sujetaba en alto el escudo a medida que cruzaban la garganta por el borde del lago. A lo lejos, el camino volvía a ir cerca del río. Los dos amigos intercambiaron una mirada de sorpresa al ver que el río estaba seco y arenoso.

—Me pregunto qué habrá pasado aquí —dijo Elena.

—Ni idea —contestó Tom, mirando con preocupación a su alrededor—. Seguramente es culpa de la magia de Velmal.

De pronto, *Tormenta* se detuvo.

—¿Qué pasa? —exclamó Elena moviéndose en la silla—. ¿Por qué nos hemos parado?

Su voz se apagó. En el lugar que habían visto en el mapa donde se suponía que estaba el lago, el terreno descendía hacia un cráter enorme y vacío.

—Esto seguramente era un lago —le dijo Tom—, pero ahora está completamente seco.

Había unos agujeros cortados en el lado opuesto de la pendiente del cráter y unos surcos que daban a los agujeros.

—Parecen conductos —dijo Tom—. Alguien ha debido de drenar este lugar para inundar el pueblo.

—Pero sigo sin entender por qué —dijo Elena.

—A lo mejor aquí hay minas —sugirió el chico.

Mientras hablaba, oyó el ruido de un casco de caballo que se arrastraba por una piedra y el crujido de las ruedas de un carro. Miró hacia el interior del cráter y vio una carreta tirada por un caballo que avanzaba lentamente por un camino sinuoso que atravesaba el lugar. El conductor iba de pie, al lado del caballo, sujetando la brida en su mano.

—Seguro que él nos puede contar algo de este sitio —dijo Tom—. Vamos a hablar con él.

Elena guio a *Tormenta* con mucho cuidado cuesta abajo, procurando mantenerlo a un lado del camino y esquivando las grietas y los baches con los que podría hacerse daño.

Plata trotaba un poco más allá, levantando el hocico de vez en cuando para olisquear el aire. «*Plata* siempre sabe si hay peligro cerca —pensó Tom—. ¡Y estoy seguro de que aquí lo hay!»

Al acercarse, vio que el carro estaba lleno de martillos y piquetas.

—Tenía razón —le susurró a Elena—. Aquí hay minas.

Mientras hablaba, el hombre que llevaba el carro se detuvo y se volvió hacia Tom y Elena. Era un hombre corpulento, de cara ancha y pelo rojo.

—¿Quién anda ahí? —preguntó.

A Tom le sorprendió que los hubiera oído acercarse y el tono de alarma en su voz.

—Somos viajeros —contestó el chico

mientras Elena sujetaba las riendas de *Tormenta* para que se quedara detrás del carro. Tom observó las piquetas—. Y buscamos... una mina.

—Sí, ¿dónde está? —añadió Elena siguiéndole la corriente.

En la cara del minero se dibujó una sonrisa revelando una fila de dientes ennegrecidos.

—Ah, vosotros debéis de ser los nuevos trabajadores —dijo.

Tom notó algo extraño en la cara del hombre. Se acercó y vio que los ojos del minero tenían una capa blanquecina por encima. «¡Es ciego!»

—Nos quedamos cortos de mano de obra desde que... perdimos a Toby —siguió el hombre—. ¡Qué bien que han enviado a dos más!

Tom sintió un escalofrío.

—¿Qué le pasó a Toby? —preguntó.

La sonrisa del minero desapareció.

—No importa —dijo—. Seguidme. Os enseñaré el camino.

Elena se dio la vuelta en la silla para mirar a su amigo.

—¿Por qué estás... —empezó a susurrar.

Tom se llevó un dedo a los labios. Si el minero era ciego, su sentido del oído probablemente era muy fino y podría oír el más mínimo susurro.

Sabía que Elena no entendía por qué quería ir a la mina cuando deberían estar buscando a la Fiera. Tom sacó el amuleto y señaló la imagen. Elena abrió los ojos cuando por fin lo entendió: la imagen de *Fang* había aparecido sobre el lago seco.

El minero llevó a su caballo hasta la parte más profunda del cráter. Tom y Elena lo siguieron montados en *Tormenta*, con *Plata* trotando cerca de sus cascos. El muchacho estaba maravillado por la capacidad que tenía el minero ciego de guiar a su caballo y el carro, y para esquivar los baches del suelo.

—No ve —susurró Tom esperando que el traqueteo del carro tapara su voz—, pero se conoce tan bien el camino que nunca se tropieza.

El caballo del hombre estaba viejo y cansado; parecía como si llevara años tirando del carro arriba y abajo del camino.

—¿No es difícil trabajar en una mina siendo ciego? —le preguntó Tom al hombre.

Éste se encogió de hombros.

—Ahí dentro está todo oscuro. Perdí la vista por trabajar en la mina durante muchos años, pero... —jadeó y de pronto se detuvo y se quedó quieto como si intentara escuchar algo que Tom no podía oír—. Pero el precio mereció la pena —continuó.

Tom y Elena intercambiaron una mirada de sorpresa. A Tom le dio la sensación de que el hombre actuaba como si tuviera miedo. «¿Por qué no quiere que nadie lo oiga protestar? Aquí no hay nadie más que nosotros.»

Se acercaron a la parte más profunda del foso. En una curva del camino, el caballo del minero se tropezó con una piedra suelta, haciendo que éste se tambaleara. Si no hubiera sido porque se sujetó al carro, se habría caído.

El minero se acercó a tocar el casco del caballo y soltó un grito de decepción.

—¡Esto es un desastre!

Tom se bajó de *Tormenta* y fue a echar un vistazo. El caballo no podía apoyar el casco en el suelo y sudaba y ponía los ojos en blanco por el dolor.

—Se va a recuperar —le aseguró al minero—. Sólo necesita un buen vendaje y descansar un tiempo.

—¿Entonces cómo voy a hacer la entrega? —preguntó el minero con la cara pálida y sudorosa—. ¡El jefe se va a enfadar mucho!

—Seguro que tu jefe lo entenderá —dijo Tom.

—¡Oh, no, no! —El minero movía las manos y estaba a punto de llorar—. El jefe me castigará si no entrego las herramientas a tiempo. —Se tiró de rodillas delante de Tom—. ¡Tienes que ayudarme!

Tom miró hacia arriba, a Elena, y vio que ella también estaba sorprendida. «Este "jefe" debe de ser muy cruel para que sus trabajadores tengan tanto miedo», pensó.

CAPÍTULO CUATRO

EN LA MINA

—Sí, por supuesto que te ayudaremos —dijo Tom—. Puedes atar mi caballo a tu carro para ir a la mina.

En la cara del minero se dibujó un gran alivio.

—Gra... gracias —balbuceó—. Nunca lo olvidaré.

El hombre desenganchó el arnés de su caballo mientras Elena sujetaba la brida y, con la ayuda de Tom, le puso el arnés a *Tormenta*.

—Lo siento, muchacho —dijo el chico acariciando la nariz a su caballo—. Sé que no eres un caballo de tiro, pero no será por mucho tiempo.

Tormenta movió las crines y resopló.

Esta vez fue Tom el que se puso en cabeza por el camino que llegaba al fondo del cráter, llevando cuidadosamente a *Tormenta* para esquivar los baches. El minero guiaba a su caballo cojo y Elena iba detrás con *Plata*.

A pesar de que Tom sabía que estaba haciendo lo correcto, no podía evitar sentir un nudo de miedo en el estómago. «Un hombre normal no asustaría de esta manera al minero, pero una Fiera, sí», pensó.

—*Fang* —murmuró Tom en voz alta.

Cuando llegaron al fondo del foso, el minero los llevó hasta unos raíles metálicos que se metían por uno de los túneles oscuros. En los raíles había vagones de madera medio destartalados.

—Qué buena idea —dijo Tom.

—En Avantia vi algo parecido —dijo Elena mientras seguía a *Plata*, que se había alejado para oler uno de los vagones.

—Yo también —contestó Tom—, pero no muchas veces. —Se volvió hacia el minero—. ¿Así es como meten la mercancía en la mina?

—Efectivamente —contestó el hombre—. Las herramientas, las provisiones y los trabajadores. Vosotros también vais a entrar así.

Tom sintió una oleada de emoción. «¡Me estoy acercando a la Fiera!»

—Tú no puedes entrar en la mina —le dijo Tom a *Tormenta* mientras le quitaba el arnés del carro y lo llevaba hacia un árbol retorcido que había cerca de la entrada—. Quédate aquí, muchacho.

Tormenta le dio un golpecito con la nariz a Tom en el hombro.

—*Plata* también debería quedarse aquí —añadió el chico.

Se dio la vuelta y vio que *Plata* ya se había metido en el primer vagón y estaba sentado, con la lengua fuera, como si esperara pacientemente a que Tom y Elena se subieran a su lado.

—*Plata*, sal de ahí ahora mismo —dijo la muchacha.

El lobo no se movió.

Tom no pudo evitar sonreír.

—Realmente es muy leal —dijo—. Y su agudo olfato nos podría resultar muy útil dentro de la mina.

Elena suspiró.

—Está bien —dijo subiéndose al vagón—, pero vamos a estar muy apretados.

Se despidieron del minero, que estaba descargando las herramientas y las provisiones, y Tom empujó el vagón para que se moviera por los raíles. Corrió detrás todo lo rápido que pudo y se metió de un salto en cuanto cogió velocidad.

Oyó la voz del minero que hacía eco en el túnel detrás de ellos.

—¡Buena suerte! ¡Protegeos los unos a los otros!

El vagón traqueteó por los raíles y se metió en un túnel sinuoso iluminado por antorchas. Al principio, los rayos del sol se colaban por las grietas del techo, rompiendo la oscuridad, pero a medida que se adentraban en la mina, la única luz que se veía venía de las antorchas, que se reflejaban en las paredes húmedas con un brillo siniestro. Tom se agarró al borde del vagón e intentó disfrutar del viaje lleno de baches y cuestas por el túnel.

—Tom —dijo Elena cogiéndolo del brazo—, ¿qué vamos a hacer si los mineros nos hacen preguntas sobre el hombre ciego?

—Tienes razón —dijo el muchacho—. Deberíamos parar antes de llegar a la parte principal de la mina.

No estaba seguro de cuánto tiempo les quedaba. El vagón ya los había llevado muy lejos.

Mientras daban botes en los irregulares raíles, Tom salió del vagón por la parte de delante con mucho cuidado, mientras Elena lo sujetaba, y puso los pies en los raíles metálicos para detener el vagón. Éste empezó a aminorar la marcha mientras el chico apretaba los

pies con todas sus fuerzas en los raíles. De las ruedas salieron chispas hasta que por fin se detuvieron.

Cuando el ruido cesó, Tom consiguió oír unas voces débiles y unos martilleos en la distancia.

—Ahí están los otros mineros —dijo—. Tendremos que acercarnos sin que nos oigan.

Elena asintió. Salió del vagón y *Plata* saltó detrás. Tom iba delante, avanzando cautelosamente por el túnel. Pronto llegaron a una bifurcación de los raíles;

por un lado las vías se metían en un túnel oscuro y profundo, y por otro, por el que se metieron Tom y Elena, había un túnel iluminado con antorchas.

Los ruidos de los mineros se fueron haciendo cada vez más fuertes. Más adelante, Tom divisó una luz roja y brillante. Pronto el túnel dio paso a una amplia caverna. En el techo había varios agujeros que dejaban pasar la luz del sol, llenando la cueva de un brillo rojo. Los dos amigos se pegaron a la pared del túnel y se asomaron.

—¡Mira! —exclamó Elena.

Docenas de hombres picaban las paredes. Tenían los hombros caídos y daban golpes débiles e inconstantes, como si estuvieran agotados. Algunos metían trozos de roca en unos sacos. Tom vio algo que brillaba en la débil luz. Le dio un golpe a Elena.

—Buscan oro —susurró.

Otros hombres llevaban los sacos de oro y los apilaban en unos vagones que había al final de los raíles. Los hombres avanzaban torpemente por la caverna apoyando la mano en los hombros de la persona que tenían delante.

A Tom se le hizo un nudo en el estómago.

—¡Están todos ciegos! —susurró.

—¿Cómo? ¿Y por qué? —murmuró Elena.

A medida que los ojos de Tom se fueron acostumbrando a la luz, vio que el brillo rojo salía de una joya roja incrustada en la pared del otro lado. Encima de la joya había dos ojos brillantes y de color naranja.

Instintivamente, Tom se llevó la mano a la espada.

«¡Ésos son los ojos del demonio murciélago!»

CAPÍTULO CINCO
EL LADRÓN DE VISTAS

Tom intentó ver algo bajo la débil luz roja. Por fin consiguió distinguir una figura enorme, con alas anchas y correosas que envolvían el cuerpo de un murciélago colgado boca abajo.

«Así que ése es el "jefe" —pensó Tom—. *Fang*.»

En el lado opuesto de la caverna, uno de los esclavos dejó caer su piqueta, se alejó unos pasos de la pared de la caverna y cayó al suelo. Elena iba a acercarse para ayudarlo, pero Tom la sujetó por la muñeca.

—Sé que es difícil no hacer nada, pero no podemos dejar que nos vean.

Elena asintió a regañadientes y le hizo un gesto a *Plata* para que se quedara atrás. Tom volvió a mirar hacia la mina. Se quedó horrorizado al ver que ninguno de los mineros se movía para ayudar al que se había caído.

—Levántate, Zak —dijo uno de ellos.

—¡Tienes que seguir trabajando! —añadió otro.

Pero, a pesar de que hablaban, seguían golpeando la pared con sus piquetas.

—Están demasiado asustados para dejar de trabajar —murmuró Tom—. Igual que el hombre que hemos visto afuera.

El trabajador que estaba en el suelo hacía grandes esfuerzos por levantarse, pero cada vez que lo intentaba, se volvía a caer. Tom vio la desesperación en sus ojos.

—No podemos quedarnos aquí —murmuró Elena con angustia.

Antes de que su amigo pudiera contestar, un chillido ensordecedor retumbó en la caverna, y la sombra de un murciélago atravesó el brillo rojo. Una fuerte ráfaga de viento echó el pelo de Tom hacia atrás y lo aplastó contra la oscuridad del túnel. El inmenso murciélago que estaba colgado encima de la joya de pronto descendió del techo de la caverna, con las alas extendidas y los ojos naranja brillando amenazadoramente, a la vez que movía sus orejas puntiagudas en la penumbra.

—*Fang* —susurró Elena.

El murciélago descendió enseñando los dientes y con las garras extendidas para coger al trabajador caído. A medida que se acercaba, a Tom se le empezó a poner la vista borrosa, como si una niebla gris lo rodeara.

Sintió las manos de Elena que le apretaban el brazo.

—¿Qué está pasando? —susurró—. ¡No veo!

Tom parpadeó furiosamente hasta aclararse la vista. Cuando volvió a mirar hacia la caverna, el murciélago y el trabajador habían desaparecido.

A pesar del horrible incidente, ninguno de los otros mineros dejó de trabajar ni un momento. Al revés, movían sus piquetas más rápido que antes.

Al lado de Elena, *Plata* estaba con las patas tensas, el pelo del lomo erizado y emitía un gruñido bajo por la garganta. *Fang* era un murciélago muy grande, pero a él no le daba miedo.

—¿A ti también se te ha nublado la vista? —preguntó Elena.

Tom asintió.

—El minero que estaba afuera con el carro era ciego —dijo—. Y todos los trabajadores que hay aquí también lo son. Seguro que es por culpa de *Fang*. ¿Has notado cómo sólo se te nublaba la vista cuando el murciélago ha bajado volando desde el techo?

—Sí, y ahora que no está, vuelvo a ver bien otra vez —asintió Elena.

—Normalmente, los murciélagos no ven bien —continuó Tom—, pero *Fang*, sí. Seguro que le roba la vista a la gente que tiene cerca.

Elena respiró fuerte.

—¡Es la Fiera más cruel con la que nos hemos encontrado!

Tom apretó los puños.

—A lo mejor —convino—, pero debemos enfrentarnos a él para conseguir la joya y añadirla a la poción de Freya.

—Eso no es todo lo que tenemos que hacer —dijo Elena—. Pase lo que pase, no podemos dejar que estos pobres hombres ciegos se queden aquí.

Plata gimió suavemente como si estuviera de acuerdo con ella.

Tom se frotó los ojos y de pronto se notó muy cansado. Sintió una oleada de miedo al recordar la cara de angustia de su madre en su pesadilla. ¿Cuánto tiempo les quedaba para salvarla?

Pero no podía negar que Elena tenía razón.

—Lo sé. Primero liberaremos a los mineros, y después, que se prepare *Fang*.

CAPÍTULO SEIS

ESCLAVOS

—Tenemos que decirles que somos los nuevos trabajadores —dijo Tom—. Así podremos enterarnos de más cosas de esta mina.

Elena asintió y se agachó delante de *Plata*.

—Quédate aquí, muchacho —dijo acariciándole la cabeza—. No tardaremos.

Plata soltó un gemido suave, pero se

tumbó obedientemente cerca de la pared del túnel.

Tom fue delante y cruzó la caverna. Mientras se acercaban a la otra pared, uno de los mineros miró por encima del hombro, pero no dejó de trabajar.

—¿Quién anda ahí? —dijo rudamente.

—Somos los nuevos trabajadores —contestó Tom—. Yo soy Tom y ésta es Elena.

—Supongo que sois los que venís a reemplazar a Toby —dijo el hombre.

—Ya era hora —añadió un segundo minero—. Me llamo Jed, y éste es Hal.

Tom intercambió una mirada con Elena. El minero de fuera también había mencionado a Toby.

—¿Qué le pasó a Toby? —preguntó Tom.

—Al jefe no le gusta la gente que hace preguntas —dijo Hal.

Mientras hablaba, Jed murmuró algo, pero sus palabras se taparon con el sonido de su piqueta. Tom consiguió oír la palabra «rebelde».

—Al jefe no le gusta que los trabajadores se queden ahí parados sin hacer nada —continuó Hal—. Vuestras herramientas están ahí. —Hizo un gesto para señalar un lugar un poco más lejos en la roca.

Tom y Elena se acercaron al lugar donde señalaba y cogieron unas piquetas de un montón desordenado de herramientas. Después buscaron un sitio en la roca entre Jed y Hal.

Cuando Tom le dio a la roca con la piqueta por primera vez, el impacto se propagó por sus brazos. Le había dado con todas sus fuerzas, pero apenas había conseguido hacer una pequeña grieta.

—Esto es un trabajo muy duro —le susurró a Elena.

—Sí, bastante duro —dijo Jed—, pero es un buen trabajo. Tenéis suerte de que os hayan enviado aquí.

Tom vio que Elena ponía una mueca de sorpresa. Estaba claro que no estaba de acuerdo.

Mientras Tom golpeaba la roca, se volvió hacia Jed.

—Por el camino, hemos pasado al lado de un pueblo inundado —dijo—. ¿Se inundó con el agua que salió de aquí?

—Debéis de venir de muy lejos para no saber eso —contestó Jed—. Ése era el pueblo donde vivíamos antes. Cuando se inundó, nos pareció una gran tragedia, pero entonces vino un viejo y... —De pronto se dio cuenta de que había parado de trabajar y dejó de hablar para golpear la roca furiosamente.

Hal continuó su historia.

—El viejo dijo que encontraríamos oro en el viejo embalse. Vinimos a trabajar aquí y esto compensó el haber perdido nuestras casas. Además —continuó hinchando el pecho con orgullo—, toda Kayonia depende de nuestro oro. ¡Nos ha hecho muy ricos!

«¿Ricos? —pensó Tom sin poder dar crédito a lo que estaba oyendo—. ¿Cuando están aquí encerrados, ciegos y trabajando hasta caer desmayados?»

—Así es —dijo Jed. Bajó la voz, por lo que Tom apenas podía oír su murmullo entre el ruido de las piquetas, y añadió—: Se rumorea que sólo alguien con una magia potente pudo haber detectado el oro que había aquí enterrado.

Tom se quedó inmóvil con la piqueta en el aire. «¡Velmal!» Le invadió un sentimiento de rabia al pensar en el diabólico brujo que estaba destrozando la vida de esas personas.

—¿Magia? —dijo Elena. Tom veía la furia en sus ojos—. ¿Es que no os da miedo trabajar aquí?

—No —contestó Jed—. Seguro que esa magia era buena. Aunque hayamos perdido la vista, estamos agradecidos por el trabajo. Gracias a él, nuestras familias, que viven en el exterior, están bien atendidas.

—Así es —añadió Hal—. A pocas leguas al norte, han construido un pueblo nuevo y viven ahí mientras nosotros trabajamos. Hasta podemos ir a verlos de vez en cuando.

—Es un precio muy pequeño que pagar. —Jed le pegó con más fuerza todavía a la roca como si quisiera mostrar lo duro que estaba dispuesto a trabajar. Hal hizo lo mismo. Tom sabía que la conversación se había terminado.

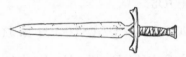

A Tom le bajaba el sudor por la espalda a pesar de llevar poco tiempo trabajando. Sacar oro era más duro que trabajar en la forja de su tío Henry. No podía creer que todos esos hombres hubieran permitido que los convirtieran en esclavos. «¡Tiene que haber una manera más fácil de ganarse la vida!»

Cuando Tom y Elena llevaban un buen rato trabajando, él cogió un saco y metió dentro las rocas. Entre las piedras brillaban los trozos de oro. Elena lo ayudó a arrastrar el saco por la mina hasta un vagón.

—La fiera no sólo les ha robado la vista —susurró Tom—. También les ha lavado el cerebro.

Elena asintió.

—Tenemos que encontrar la manera de ayudarlos.

Volvieron a su puesto en la roca y cogieron una vez más sus piquetas para sacar el oro, aunque Tom seguía sin saber cómo lo iban a hacer. Parecía imposible sacar a los mineros de la mina sin que el demonio murciélago los viera.

De pronto, un chillido muy fuerte hizo eco en la caverna. Tom se enderezó y se asomó entre las sombras rojas que bajaban del techo, esperando ver aparecer a la Fiera, lista para llevarse a otro minero caído. Pero en su lugar, vio que los mineros soltaban sus herramientas.

—Es la señal para dejar de trabajar —le dijo Jed a Tom y Elena—. Ahora tenemos que ir a nuestros dormitorios.

Mientras hablaba, los esclavos se pusieron en fila, cada uno con la mano en el hombro del que tenía delante. Lentamente, empezaron a avanzar por el suelo de la caverna hacia los vagones que los sacarían de la mina.

Tom y Elena se pusieron en la cola y él notó que ya apenas veía los vagones. Por mucho que parpadeara, seguía viéndolos borrosos.

El miedo se apoderó de él como una garra helada.

«Me estoy quedando sin vista por estar cerca de la Fiera, ¡como el resto de los mineros! ¡Tengo que hacer algo cuanto antes!»

CAPÍTULO SIETE

LOS RAÍLES A LA LIBERTAD

—¿Tienes la vista borrosa? —le susurró Tom a Elena.

Su amiga asintió asustada.

—¡Tenemos que salir de aquí! ¡Todos!

Mientras se movían lentamente por el suelo de la caverna con los esclavos, a Tom se le ocurrió una idea.

—¿Te acuerdas de cómo entramos? —murmuró—. Pasamos por una bifurcación en las vías. El otro túnel debe de llevar a los dormitorios.

Elena, de pronto, pareció recuperar la esperanza.

—¿Crees que podemos hacer que el vagón cambie de dirección y nos lleve al exterior?

—Podemos intentarlo —dijo Tom—, pero tendríamos que meternos en el primer vagón.

—Sé cómo conseguirlo —afirmó Elena con seguridad.

Aceleró la marcha hasta llegar a la parte de delante de la cola. Tom la siguió y llegó justo a tiempo para oír a su amiga hablando con el minero que iba en cabeza.

—Nunca he estado en los dormitorios y tengo mucho miedo.

Tom intentó reprimir una carcajada. ¡Si los mineros supieran lo valiente que era Elena!

El minero gruñó.

—Niña, son sólo cuevas. ¿Por qué te ibas a asustar?

—¿Podría ir en el primer vagón? —le preguntó—. Es que quiero saber lo que está pasando.

Tom se puso en tensión al ver que el minero dudaba, pero por fin el hombre asintió.

—Está bien.

—Yo iré con ella —afirmó Tom poniendo el brazo alrededor de los hombros de Elena—. ¡Bien hecho! —le dijo a Elena con un susurro mientras su amiga se subía en el primer vagón—. A mí nunca se me hubiera ocurrido decir eso.

Tom le pegó un buen empujón al vagón para que empezara a moverse por los raíles y después se metió dentro de un salto. Mientras el vagón traqueteaba por los raíles, oyó que algo se subía detrás de él.

—Es *Plata* —se rio Elena.

Tom miró hacia atrás y vio al lobo sentado a su lado, con sus ojos color ámbar brillando bajo la luz de las antorchas. Los otros vagones llenos de mineros los seguían en los raíles.

—Estamos llegando a la bifurcación —dijo Elena.

Tom miró hacia delante y vio el lugar donde se dividían los raíles.

—Hay una palanca —advirtió señalando una barra de metal que sobresalía a un lado de las vías—. Si consigo moverla, podré cambiar el rumbo del vagón.

Tom sacó la espada y se subió al borde del vagón. Elena lo agarró por la túnica para que no se cayera. Cuando el vagón llegó a su altura, Tom consiguió darle a la palanca. Justo delante, los raíles se movieron y los vagones se metieron por la vía que llevaba al exterior.

—¡Sí! —gritó Tom, triunfante, volviendo a meterse en el vagón.

Al principio los mineros no se dieron cuenta de lo que había pasado, pero a medida que los vagones se acercaban a la entrada de la mina, Tom oyó unos murmullos de confusión en el vagón que tenían detrás.

—¿Qué está pasando? —preguntó un hombre.

—¿Dónde nos lleva ahora el jefe? —le gruñó otro—. Yo he cumplido con mi trabajo. Ahora quiero comer y descansar.

—¡Shh! —le advirtió un tercer hombre—. Vais a hacer que se enfade y...

Un chillido de furia se oyó desde el fondo del túnel. Los susurros de los mineros se convirtieron en gritos de terror. Tom sentía que el corazón se le paraba.

—¡*Fang* nos ha visto! —exclamó.

Tom se dio la vuelta y vio la sombra del demonio murciélago que volaba por el túnel hacia el último vagón. Clavaba la mirada de sus ojos naranja y brillan-

tes en los esclavos y les mostraba los
dientes. El muchacho apenas podía distinguir su pelaje en su cuerpo musculo-
so porque su visión estaba empeoran-
do. La Fiera ahora era una nebulosa.

—¡Nos roba la vista a medida que se
acerca! —le dijo a Elena—. ¡Tenemos
que vencer a esta Fiera cuanto antes!

Saltó del vagón, con Elena y *Plata* detrás, y se quedó de pie al lado de la vía
mientras el resto de los vagones seguía
camino a la libertad.

Tom agarró la espada y esperó a que el demonio murciélago se acercara. El aleteo de las alas de la Fiera retumbaba en el túnel y una polvareda llenó el aire.

La Fiera se acercaba y Tom apenas podía ver nada, pero sabía que si quería conseguir la joya, antes debía derrotar a *Fang*.

El demonio murciélago sobrevoló por encima de Tom lanzando un horrible chillido. El chico levantó la espada y el escudo para protegerse de las alas y las garras de *Fang*. Después avanzó por el túnel y dirigió su espada hacia la Fiera, pero su arma resbaló en su grueso pelaje.

Por encima del hombro de Tom salieron unas flechas disparadas. Elena lo estaba ayudando, pero no conseguía dar en el blanco. «Ella tampoco ve —pensó Tom—. Igual que yo.»

Con los ojos llorosos, Tom retrocedió por el túnel en dirección a la luz del exterior. Ahora no podía ver prácticamente nada. Blandía su espada con fuerza, pero no conseguía darle a la Fiera. «No puedo apuntar y tampoco veo a *Fang* ni sé desde dónde me va a atacar.»

Entonces oyó otro chillido de *Fang*, pero esta vez su grito sonaba a frustración y dolor. Tom entornó los ojos, y a duras penas vio que *Fang* estaba volando bajo un haz de luz que se colaba en el túnel. Le salía humo de un ala y se retorcía de dolor y confusión, como si no supiera cómo salir de la luz.

—¡La luz del sol le hace daño! —le gritó Tom a Elena.

Fang se volvió a meter en el túnel con el ala herida colgando y aleteando torpemente. En unos segundos, había desaparecido.

—¡Ahora veo mejor! —dijo Elena, aliviada.

—Yo también —respondió Tom.

Cerca de ellos, los mineros salían de los vagones sin entender muy bien cómo habían llegado al exterior. Tom sabía que no tenía tiempo para explicarles nada. Tenía una Búsqueda que completar.

—Tenemos que regresar —le dijo a Elena, que lo siguió hasta un vagón vacío que había al final de la vías. Cuando la muchacha se subió, *Plata* intentó seguirla.

—No, muchacho —dijo amablemente, empujando al lobo—. Debes quedarte para proteger a los mineros.

Plata lanzó un gemido de protesta, pero se sentó obedientemente, dando golpes con la cola en el suelo.

Tom empujó el vagón y saltó dentro con su amiga.

Dejaron atrás la luz del sol mientras el vagón traqueteaba por el túnel en dirección a la Fiera.

CAPÍTULO OCHO

COMBATE A CIEGAS

A medida que el vagón cogía velocidad, Tom notó que la luz de las antorchas se hacía borrosa. «Estoy volviendo a perder la vista —pensó—. Y eso significa que el demonio murciélago está cerca.»

Una ráfaga de viento le movió el pelo y notó el aliento apestoso de la Fiera. Levantó el escudo justo cuando *Fang* bajó volando desde el techo del túnel y le empezó a dar golpes con sus alas correosas en la cabeza y los brazos. Arañó el escudo con las garras para intentar arrebatárselo de las manos a Tom y éste se cayó hacia atrás en el vagón, haciéndose daño en todos los huesos.

El chico blandió la espada, pero el vagón siguió avanzando, alejándolo de la Fiera y no consiguió darle. *Fang* soltó un chillido de rabia y frustración. Con un poderoso aleteo de su ala sana, voló hasta al vagón y se agarró con sus garras en el borde. Tom gritó alarmado cuando el vagón se volcó hacia un lado.

Los dos amigos salieron volando del vagón y aterrizaron de golpe en el duro suelo. Tom avanzó a tientas bajo la débil luz de las antorchas. Cuando tocó el brazo de Elena, se agarró a ella.

—¿Estás bien? —jadeó.

—Creo que sí —contestó ella.

Tom se dio la vuelta para buscar a *Fang*. Apenas podía ver la imagen borrosa del demonio murciélago al otro lado del vagón volcado. Sus ojos brillaban de puro odio.

—Elena —dijo—. Lo más seguro es que nos quedemos ciegos al luchar con esta Fiera, y será mejor que permanezcamos juntos. Tenemos que atarnos con una cuerda para saber en todo momento si el otro está a salvo.

—Buena idea —contestó Elena. Sacó una cuerda de su carcaj y ató un extremo a su muñeca y el otro a la de su amigo.

Tom parpadeó y se dio cuenta de que ya no podía ver a su amiga. Las antorchas de la pared eran como manchas de luz, demasiado débiles para permitirle ver nada en el túnel. Estaba prácticamente ciego.

«Tendré que pelear a ciegas —pensó

intentando ahuyentar sus miedos—.
¡Lucharé, pase lo que pase!»

Tom se puso de pie y chocó con Elena.
El ruido de un aleteo y la ráfaga de aire
que le dio en la cara le indicaban que
Fang estaba cerca. Antes de que pudiera
levantar la espada, las alas de la Fiera
chocaron con su hombro. El golpe fue

tan fuerte que casi le hizo caer de rodillas.

Sorprendentemente, Tom consiguió
mantenerse de pie. Blandió la espada y
notó que ésta chocaba contra una de las
alas correosas de la Fiera. El murciélago
emitió un chillido feroz que se le clavó
a Tom en la cabeza. El muchacho retro-

cedió un paso y notó que la cuerda que lo unía a Elena se tensaba.

—¡Pon la espalda contra la pared! —gritó—. Así, *Fang* no puede atacarnos por detrás.

Cogió la empuñadura de su espada con ambas manos y la blandió hacia delante, pero sólo sintió el aire. El aleteo de alas por encima de su cabeza lo alertó; movió la espada hacia arriba justo a tiempo para protegerse de un nuevo ataque de *Fang*, que bajaba en picado desde el techo.

«¡Mi sentido del oído se está afinando!», pensó Tom.

A pesar de que sólo veía la silueta de la sombra de *Fang* en la oscuridad, oía a la Fiera perfectamente; cada uno de sus silbidos furiosos y cada aleteo que daba en el aire. Tom blandió la espada en dirección al sonido y oyó un rugido cuando *Fang* esquivó el golpe.

—No es tan fácil ganarme, ¿eh? —se

burló Tom—. Me has quitado la vista, pero te puedo oír.

En ese mismo momento, oyó un grito de triunfo de Elena.

—¡Lo oigo! ¡Sé exactamente dónde tengo que disparar!

Tom se quedó inmóvil, tratando de oír el roce de las alas en la piedra. La Fiera intentaba sorprenderlo y se acercaba lentamente por el suelo del túnel. El chico movió la espada hacia abajo y notó que chocaba en el cuerpo de *Fang*.

El demonio murciélago chilló de dolor y se elevó en el aire. Tom notó un chorro de sangre caliente que le caía encima del brazo.

«¡Lo he herido!», pensó empezando a creer que podría ganar la batalla.

Por un momento, la Fiera se retiró, lanzando gruñidos de rabia que se le clavaban en los oídos a Tom. El sentido del oído del muchacho era tan fino que ahora podía oír los latidos del corazón de *Fang*. Dio un paso adelante en dirección al sonido.

Fang volvió a acercarse por el aire, tan rápidamente que consiguió golpear a Tom con su ala buena y lanzarlo contra la pared. El chico se tambaleó y cayó al suelo perdiendo la espada. La Fiera chilló triunfante.

Desesperado, Tom buscó su arma a tientas por el suelo del túnel. Por fin, sus dedos se cerraron en la empuñadura, y en ese preciso momento, oyó otro ruido diferente. Tom tardó unos segundos en darse cuenta de lo que era.

—¡Agua! —exclamó. Se acercó a la pared del túnel y apoyó la oreja en la roca—. Detrás de la roca hay agua.

—Seguramente es el agua del lago —dijo Elena.

Tom pensó en el pueblo inundado y la

vasta extensión de agua que debía de haber detrás de la pared.

«Si consiguiera inundar la cueva, podría ahogar al demonio murciélago u obligarlo a salir a la luz del día —pensó Tom—. Sólo hay un pequeño problema... ¿cómo lo voy a conseguir?»

CAPÍTULO NUEVE

¡UNA INUNDACIÓN!

Mientras Tom pensaba cómo hacer que entrara el agua de la presa en la mina, *Fang* lo volvió a atacar. El chico levantó el escudo y retrocedió tirando de la cuerda que lo mantenía unido a Elena. Vio un rayo de luz que se colaba por una grieta del techo del túnel, lo que despejó momentáneamente su vista borrosa.

—¡Por aquí! —apremió a Elena—. *Fang* no se atreverá a volar cerca de la luz.

—Pero así no conseguiremos vencerlo —señaló ella.

—Lo sé —dijo Tom envainando la espada—, pero tengo una idea.

Buscó en la bolsa que llevaba atada a la cintura el espejo mágico que había conseguido en Gwildor al vencer a *Trema*, la sombra de la muerte. Era un espejo mágico, y cuando reflejaba la luz del sol, podía hacer agujeros en las superficies más duras. Tom oyó los rugidos de *Fang* intentando atravesar el rayo de luz.

—¡Date prisa! —dijo Elena—. La luz no va a detener a *Fang* por mucho más tiempo.

Tom sacó el espejo mágico. La luz que se colaba en la cueva se reflejó en los diamantes que tenía en la parte de atrás. A Tom le hubiera gustado poder verlo.

Puso el espejo en ángulo hacia el haz

de luz para que se reflejara en el espejo y diera en la pared del túnel. Pronto, sintió un olor a humo y oyó unos crujidos que bajaban por la pared, seguidos de un chillido feroz muy potente. De pronto, notó un pequeño chorro de agua que le salpicaba en la cara. ¡Había conseguido hacer un agujero en la pared!

—¡Funciona! —gritó Elena.

Un gran estruendo casi tapó sus palabras. Después se oyó un FUUUUUS y el agua empezó a salir a toda velocidad.

—¡Aquí viene! —exclamó Tom. El agua lo empujó hacia atrás y los levantó a él y a Elena por los pies.

El muchacho notó que las cuerdas de la bolsa donde llevaba las recompensas de Gwildor se estaban soltando con la fuerza de la corriente. Intentó coger la bolsa, pero lo único que tocó fue el agua fría. ¡La corriente le había quitado la bolsa!

«¡No! —pensó Tom, recordando lo mucho que había tenido que luchar para conseguir esas recompensas—. ¡Nunca volveré a recuperarlas!» Intentó mantenerse a flote mientras la corriente los arrastraba hacia el interior de la mina. Sintió que la cuerda se tensaba y le tiraba de la muñeca. Después, cuando el agua le volvió a pasar por encima, la cuerda se empezó a enrollar alrededor de su pecho.

Tom no podía ver a *Fang*, pero oía sus chillidos y movimientos. Una de sus garras lo golpeó y se sintió mareado. Se hundió debajo del agua, movió la cabeza y nadó hacia arriba. Al salir a la superficie, aspiró con fuerza y vio una nebulosa de luz por encima. El agua lo había arrastrado hasta la gran caverna donde los mineros habían trabajado. La luz del sol brillaba sobre el agua y se colaba entre las grietas del techo, que cada

vez estaba más cerca a medida que el agua subía.

Oyó las alas de *Fang* chapoteando en el agua. La Fiera chillaba agonizante con la luz del sol. Tom notó que estaba recuperando la vista.

Ahora veía al murciélago ahogándose mientras flotaba hacia una zona bañada de luz que se colaba por la grieta más grande del techo. La Fiera luchaba con fuerza, moviendo las alas y las garras. Sus chillidos hicieron temblar las paredes durante un momento antes de convertirse en unos ruidos ahogados. Entonces, su cuerpo explotó y cientos de pequeños murciélagos indefensos salieron volando por el aire.

—¡Lo has conseguido, Tom! —gritó Elena—. ¡Hemos ganado!

Tom sintió un gran alivio al ver que la Fiera había llegado a su fin.

—Todavía no hemos terminado —jadeó echando la cabeza hacia atrás para mantener la boca y la nariz por encima del agua—. Si no conseguimos salir de aquí pronto, nos ahogaremos.

A Tom y a Elena les resultaba difícil nadar porque la cuerda que tenían atada a la muñeca tiraba de ellos hacia abajo. Tom sentía que el pecho le iba a explotar mientras luchaba por respirar y mantenerse a flote. Si tan sólo tuviera la bolsa con las recompensas de Gwildor... En la bolsa había una perla que le habría permitido respirar debajo del agua.

—Coge esto —gritó pasándole el escudo a Elena—. Te ayudará a mantenerte a flote. Yo tengo que usar la espada.

Ahora que tenía una mano libre, el muchacho consiguió desenvainar la espada y cortar la cuerda que lo ataba a Elena. Por fin podían nadar.

Tom respiró con fuerza mientras buscaba una manera de salir de allí. El agua seguía subiendo y los llevaba hacia las grietas del techo de la caverna.

—Pronto estaremos fuera —dijo.

De pronto, el chico recordó el motivo que los había llevado a la cueva.

—¡La joya roja! —exclamó—. Si me voy sin ella, mi madre morirá.

Tom metió la cabeza en el agua y buscó la joya. Consiguió ver su brillo. Volvió a salir a la superficie y se aclaró los ojos. Después tomó aire con fuerza y se sumergió en el agua, buceando hacia el brillo borroso y rojo.

Cuando llegó a la joya, vio que ésta estaba incrustada en la pared. Le ardían los pulmones y ya no le quedaban fuerzas en los brazos.

El peso del agua hacía que todo pareciera más pesado mientras Tom intentaba sacar la joya de la pared con la punta de la espada.

«Es inútil —pensó—. Tengo que salir a tomar aire. Espera...»

La joya empezó a moverse. ¡Estaba saliendo! Tom la cogió antes de que se hundiera y la perdiera de vista.

«¡Ahora, nada!», se dijo a sí mismo.

Cuando salió a la superficie, se llenó los pulmones de aire. Elena chapoteaba a su lado.

—¡La has encontrado! —gritó su amiga señalando la joya que tenía Tom en la mano.

—¡Sí! —exclamó él—. Y ahora tenemos que...

Se interrumpió cuando su cabeza chocó con el techo de la caverna.

—¡El agua sigue subiendo! —gritó—. ¡Tenemos que salir de aquí!

CAPÍTULO DIEZ

UN ARMA DE DOBLE FILO

Tom veía que la luz entraba por una abertura en el techo, en la otra parte de la caverna. Nadó hasta allí con Elena detrás. Llegó a la grieta por donde se colaba la luz y se metió por el agujero para salir al exterior. Una vez afuera, se dejó caer en el suelo de barro con la ropa empapada.

Elena seguía luchando en el agua. Le pasó el escudo a Tom y él alargó la mano para ayudarla a salir de la mina inundada.

—¡Lo conseguimos! —dijo Tom tumbándose boca arriba.

Mientras observaba el cielo, comprobó que veía las nubes sin problemas.

—He recuperado la vista —exclamó—. Veo igual de bien que antes.

A su lado oyó a Elena reír de felicidad.

—¡Yo también! —contestó—. Temía que *Fang* me hubiera dejado ciega para siempre.

—*Fang* nunca más volverá a robarle la vista a nadie —dijo Tom, satisfecho.

Se levantó y miró a su alrededor. Habían salido a una pendiente suave desde la que se veía el cráter.

Los mineros libres permanecían juntos, cerca de los raíles. Tom vio a *Tormenta* que esperaba debajo de un árbol, con *Plata* a su lado. El agua había salido por el túnel y el fondo del cráter era un lago lodoso, pero el agua ya no salía con tanta fuerza.

—Vamos —le dijo Tom a Elena—. Tenemos que hablar con los trabajadores.

Con los pies chapoteando dentro de sus botas, Tom se dirigió hacia la fosa. *Tormenta* relinchó para darles la bienvenida y *Plata* fue corriendo hacia Elena dando saltos y moviendo la cola.

Tom se acercó al grupo de mineros.

—¡Sois libres! —anunció preguntándose por qué seguirían allí—. Os podéis ir a vuestras casas.

Uno de los mineros se volvió hacia él. Era Jed. Miró a Tom con los ojos entornados y llorosos. «Él también ha recuperado la vista.»

—No tenemos casas —protestó—. Vivíamos en la mina y ahora está inundada por tu culpa.

—Sí —añadió Hal poniéndose al lado de Jed—. Ahora somos pobres y a lo mejor nos moriremos de hambre.

Tom intercambió una mirada de sorpresa con Elena.

«¡Pensaba que estarían felices de ser libres!»

Entonces recordó que Velmal les había lavado la mente. Los había convencido de que necesitaban el oro. Cuando

la magia desapareciera, seguro que entenderían que perder la mina era un precio muy bajo a cambio de su vista.

—Pronto volveréis a ver bien —les aseguró Tom—. Entonces podréis encontrar otros trabajos en cualquier otro lugar del reino.

—¡No queremos trabajar en ningún otro lugar! —gritó Jed con la cara roja—. La mina nos permitía estar cerca de nuestro pueblo en ruinas. No queremos repartirnos por toda Kayonia.

Tom lo entendía. Él había decidido viajar para llevar a cabo sus Búsquedas de Fieras, pero también echaba de menos a su familia en Avantia. Las familias y los amigos quieren permanecer juntos.

—Vuestro pueblo ya no está inundado —dijo Elena—. Cuando el agua se vaya por completo, podréis volver.

Los mineros se miraron, murmuraron algo entre ellos y movieron la cabeza.

Obviamente no estaban convencidos.

—La vida era incluso más dura antes de que nuestro pueblo se inundara —gruñó Hal.

Por fin, los mineros se pusieron en movimiento. Se colocaron en fila y avanzaron por el camino que llevaba a la parte de arriba del cráter y de vuelta a su pueblo. Algunos de ellos miraban con resentimiento hacia atrás, hacia el túnel, con los ojos entornados de rabia.

Al observarlos, Tom se llenó de dudas.

—¿Qué pasará si la magia de Velmal no desaparece? —dijo.

Elena asintió, frunciendo el ceño con preocupación.

—Estos hombres han vivido demasiado tiempo bajo tierra. A lo mejor ya nunca más podrán vivir una vida normal.

—Y además dijeron que todo el reino

dependía del oro de su mina —añadió Tom—. ¿Crees que, en lugar de ayudar en Kayonia, estamos haciendo más daño?

Plata se apoyó en la pierna de Elena y *Tormenta* trotó para darle con la nariz a Tom en el hombro, como si entendieran el problema que tenían sus dueños.

Elena suspiró y acarició la cabeza de *Plata*.

—Hemos vencido a la Fiera y hemos encontrado la joya roja —dijo firmemente—. Lo que hemos hecho está bien, Tom.

Su amigo la miró. Estaba a punto de preguntarle si estaba segura cuando oyó una voz detrás de él, haciendo que se sobresaltara.

—Elena tiene razón, Tom. Habéis hecho lo que debíais hacer.

Tom se dio la vuelta y vio a Marc, el aprendiz del Brujo Aduro, que estaba en Kayonia para ayudar a la reina Romaine en tiempos difíciles.

—¡Marc! —exclamó Tom—. ¡Cómo me alegro de verte!

Marc sonrió y alargó la mano para que Tom le diera la joya. A cambio, le dio una bolsa. Estaba empapada, pero Tom la reconoció inmediatamente sin dar crédito a sus ojos.

—¡Mis recompensas de Gwildor! ¿Dónde las has encontrado?

—El agua ha hecho que la bolsa saliera de la mina —explicó Marc mientras Tom cogía la bolsa agradecido y se la ataba a la cintura.

—Gracias, Marc —dijo el chico—. Pensé que las había perdido para siempre.

—No olvides que sólo has completado la mitad de tu Búsqueda —continuó Marc.

—Lo sé —contestó Tom recuperando

su tesón. Habían vencido a tres Fieras. Les quedaban tres más. Se enderezó y miró a la tierra de Kayonia que se extendía delante de él—. Mientras la sangre corra por mis venas, ¡nunca me rendiré!

Enfréntate a las Fieras.
Vence a la Magia.

www.buscafieras.es

¡Entra en la web de *Buscafieras*!

Encontrarás información sobre cada uno de los libros,
promociones, animación y las últimas novedades sobre
esta colección.

Fíjate bien en los cromos coleccionables que regalamos
en cada entrega. Cada uno de ellos tiene un código
secreto en el reverso que te permitirá tener acceso
a contenidos exclusivos dentro de la página
web de *Buscafieras*.

¿Ya tienes todos los cromos?
¡Atrévete a coleccionarlos todos!

¡Consigue la camiseta exclusiva de **BUSCAFIERAS!**

Sólo tienes que rellenar **4 formularios** como los que encontrarás al pie de esta página de **4 títulos distintos** de la colección Buscafieras. Envíanoslos a EDITORIAL PLANETA, S. A., Área Infantil y Juvenil, Departamento de Marketing (BUSCAFIERAS), Avda. Diagonal, 662-664, 6.ª planta, 08034 Barcelona

Promoción válida para las 1.000 primeras cartas recibidas.

Nombre del niño/niña: ....

Dirección: ....

Población: .... Código postal: ....

Teléfono: .... E-mail: ....

Nombre del padre/madre/tutor: ....

☐ Autorizo a mi hijo/hija a participar en esta promoción.

☐ Autorizo a Editorial Planeta, S. A., a enviar información sobre sus libros y/o promociones.

Firma del padre/madre/tutor:

BUSCAFIERAS
N.º 33
PRUEBA DE
COMPRA
